POÈMES

de la Libellule

JUDITH GAUTIER

à Mon cher ami

Jean Marras

À toi je l'adresse
Cette branche aux tendres fleurs.
Seul, qui sait l'ivresse
Des parfums et des couleurs
En mérite la caresse

Judith Gautier

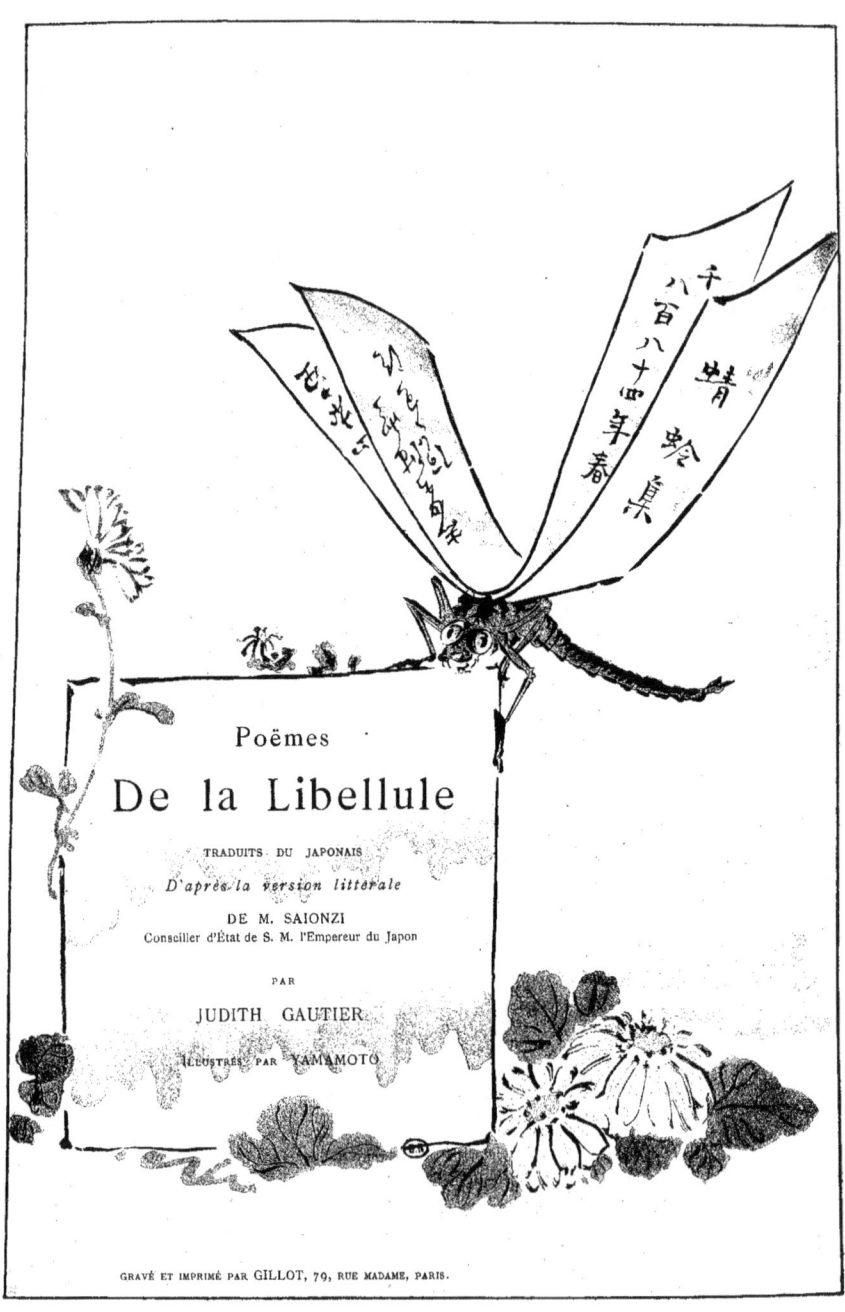

Poëmes

De la Libellule

TRADUITS DU JAPONAIS

D'après la version littérale

DE M. SAIONZI
Conseiller d'État de S. M. l'Empereur du Japon

PAR

JUDITH GAUTIER

ILLUSTRÉS PAR YAMAMOTO

GRAVÉ ET IMPRIMÉ PAR GILLOT, 79, RUE MADAME, PARIS.

A

MITSOUDA KOMIOSI

Je t'offre ces fleurs
De tes îles bien-aimées.
Sous nos ciels en pleurs,
Reconnais-tu leurs couleurs
Et leurs âmes parfumées?

J. G.

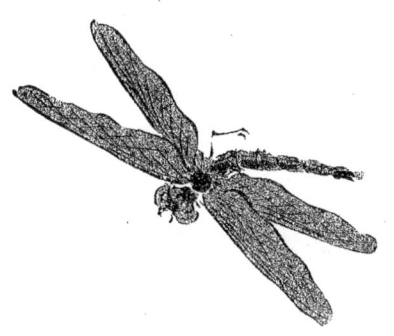

PRÉFACE

au recueil des poésies anciennes et modernes,
publié par ordre du mikado Atsou Kimi, la cinquième année Yngui (IXe siècle)

PAR

TSOURA-YOUKI

La poésie ayant germé dans le cœur de l'homme, en rameaux et en fleurs nombreuses elle s'est épanouie.

Le spectacle si varié qu'offre la nature fit naître des pensées diverses ; l'homme s'instruisit en regardant autour de lui, car, depuis le rossignol chantant sous les fleurs, jusqu'à la grenouille qui dans l'eau coasse, tout lui enseignait la poésie.

Ébranler le ciel et la terre sans force brutale, émouvoir les dieux et les génies invisibles, harmoniser les rapports de l'homme et de la femme, adoucir le cœur du guerrier, c'est là le but de la poésie.

La poésie existait depuis le commencement du ciel et de la terre ; mais des époques fabuleuses nous ne connaissons que les poèmes de la déesse Shita-Terou-Himé. Alors le nombre des syllabes n'était pas fixé et dans son extrême simplicité cette poésie est souvent obscure. Au temps des hommes, le plus ancien poème connu est celui du prince San-Sa-O-No-Mikoto. Par lui le nombre des syllabes pour un poème fut fixé à trente et une, et cette forme n'a plus varié[1] :

« O nuages qui venez des montagnes ! Nuages qui formez les murs
« du palais. Du palais qui doit recevoir ma femme ! O ! nuages qui
« formez les murs ! »

---

[1] Le poème japonais : *Outa*, se compose de cinq vers. Le 1er de cinq pieds, le 2e de sept, le 3e de cinq, les deux derniers de sept, en tout trente et un pieds.

Depuis ce temps, aimer les fleurs, envier les oiseaux, admirer les brumes printanières, pleurer avec les rosées, devinrent autant de thèmes poétiques; et, comme un long voyage qui commence par les premiers pas, comme la montagne formée d'amas de poussière et qui s'élève jusqu'aux nues, la poésie progressa.

Les deux poèmes suivants, que les enfants copient pour apprendre à écrire, sont considérés comme les grands-parents de la poésie. Dans l'un il est fait allusion pour la première fois à un Mikado régnant (Ninto-Kou dont l'avènement eut lieu après trois ans d'interrègne).

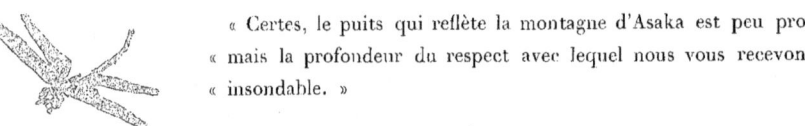

« Cette fleur qui s'ouvre aujourd'hui à Maniwa-Zou était cachée pen-
« dant l'hiver; mais maintenant elle s'épanouit, éclatante et fière, comme
« si tout le printemps lui appartenait. »

L'autre fut improvisé, avec beaucoup d'à-propos, par la femme d'un haut fonctionnaire de province pour apaiser un empereur peu satisfait de la réception qui lui était faite.

« Certes, le puits qui reflète la montagne d'Asaka est peu profond;
« mais la profondeur du respect avec lequel nous vous recevons, est
« insondable. »

De nos jours, les mœurs étant devenues plus brillantes, le cœur de l'homme se gonflant de vanité, la poésie, en général, est frivole et vide et se cache dans la maison des hommes légers, n'osant plus paraître devant les esprits sérieux. Ah! cela ne devrait pas être, cela ne serait pas si l'on se souvenait des origines de la poésie.

Autrefois les empereurs conviaient leur cour à la fête donnée par « la matinée en fleurs du printemps » par « les clairs de lune des soirées d'automne » et ces réunions devenaient des sujets de poèmes qui étaient offerts au maître.

L'un des courtisans disait s'être égaré dans un lieu inconnu entraîné par un chemin de fleurs, l'autre avoir erré toute la nuit en attendant le lever de la lune. Cependant il n'était pas seulement question des fleurs et de la lune : on louait le règne de l'empereur, le comparant, pour le nombre de ses bienfaits, aux sables des grèves, pour sa grandeur aux montagnes élevées; on laissait déborder la joie du cœur, on disait son amour semblable aux fumées du mont Fouzi; ou bien, tout en écoutant bruire les insectes, on se souvenait d'un ami, on regrettait les jeunes années, et la vieillesse faisait songer aux sapins de Taga-Sago. Ainsi les princes, aussi bien que les princesses, s'exerçaient à la poésie et l'empereur souvent jugeait leur caractère d'après les pensées qu'ils exprimaient.

Aujourd'hui, la disparition des fumées du mont Fouzi, le pont de Nagara que l'on reconstruit, sont encore des sujets de poèmes.

Parmi les poètes, dont les noms sont célèbres depuis les temps les plus reculés, on peut considérer Hito-Maro comme le poète des poètes. A côté de lui cependant se place Aka-Hito dont la poésie est sublime. Je crois que Hito-Maro ne peut pas plus surpasser Aka-Hito qu'il ne peut lui être inférieur.

En dehors de ces deux grands hommes les poètes qui se sont produits étaient nombreux. Le recueil de leurs œuvres porte le titre de : Man-you-shan (*les dix mille feuilles*). Depuis cette époque jusqu'à nos jours il s'est écoulé plus d'un siècle et dix empereurs se sont succédé. Pendant cet intervalle il n'est né que très peu de poètes; c'est à peine si l'on peut en trouver un ou deux connaissant les choses de l'ancien temps et la véritable poésie. Beaucoup d'autres, ayant des qualités et des défauts, ne peuvent pas être considérés comme des poètes parfaits. Je ne parle pas ici des hommes haut placés, dans la crainte de leur manquer de respect. Exception faite de ceux-ci, les poètes dont les noms sont célèbres de nos jours sont les suivants :

HEN-ZIO (bonze de haut rang),
NARI-HIRA,
YOSSOU-HIDÉ,
KI SEN (bonze du mont Ouzé),
KOMATI,
KOURO-NOUSSI.

La poésie de Hen-Zio, juste dans la forme, manque cependant de vérité. C'est comme quelqu'un qui se passionnerait pour une femme en peinture.

Nari-Hira a beaucoup de pensées et trop peu de paroles. Sa poésie ressemble à une fleur fanée dont le parfum subsiste mais dont l'éclat est perdu.

Les expressions de Yossou-Hidé au contraire sont habiles mais s'adaptent mal aux pensées. On dirait un homme du commun portant de beaux vêtements.

Les poèmes de Kisen sont diffus, désordonnés, on croit y voir la lune de l'automne à travers des nuages d'aurore.

Komati est sentimentale, mais manque de force. Sa poésie est comme une femme jolie mais souffrante.

L'œuvre du Kouro-Noussi est agréable et pourtant sans noblesse; elle fait penser à un bûcheron se reposant sous les fleurs.

Il y a bien des poètes encore dont les noms s'étendent comme les plantes rampantes envahissant un champ. Ils sont aussi nombreux que les feuilles d'une forêt; mais ils se croient poètes et ne comprennent même pas la poésie.

L'empereur qui règne sous le ciel depuis neuf ans, dont la bonté inonde les îles du Japon qu'il abrite de sa grandeur, comme le ferait l'ombre de la montagne de Poukaba, profitant des loisirs que lui laissent les affaires de l'État qu'il ne néglige jamais, s'est souvenu des temps anciens et a voulu ressusciter ce qui a disparu pour en jouir aujourd'hui et le léguer à la génération suivante. Il a donc réuni, le dix-huitième jour du quatrième mois de la cinquième année de Yengui, les poètes dont les noms suivent :

Tomonobi,

Tsoura-Youki,

Mitsouné,

Tadaminé,

et leur a ordonné de réunir toutes les poésies que l'on ne trouve pas dans le Man-you-shan et d'y ajouter leurs propres œuvres.

Le nouveau recueil est composé de mille poèmes et divisé en vingt livres. Il a pour titre : *Ko-kin Waka-shiou*. (Recueil d'*Outas* anciens et modernes.)

En voyant ces innombrables poèmes, à travers lesquels la poésie coule comme une source inépuisable, nous avons honte des nôtres qui ont si peu de parfum. Loin de pouvoir être comparés aux fleurs du printemps ils semblent vides comme les nuits d'automne; et la pensée de notre réputation, si peu méritée, nous fait rougir, non seulement devant le public, mais en face de la poésie elle-même.

Pour moi, Tsoura-Youki, dans le sommeil comme au réveil, en mouvement ou immobile, je me déclare heureux de vivre à la même époque que mes collègues, d'être contemporain de ce règne et de raconter cet événement.

Par bonheur la poésie ne quitta pas la terre après la mort de Hito-Maro, et, les siècles auront beau s'écouler et bien des choses disparaître, elle refleurira aussi longtemps que les printemps feront reverdir les feuilles des saules; mais, en regardant vers le passé, les poètes qui nous succéderont, verront luire la gloire de notre époque comme la lune resplendissante dans l'immensité du ciel.

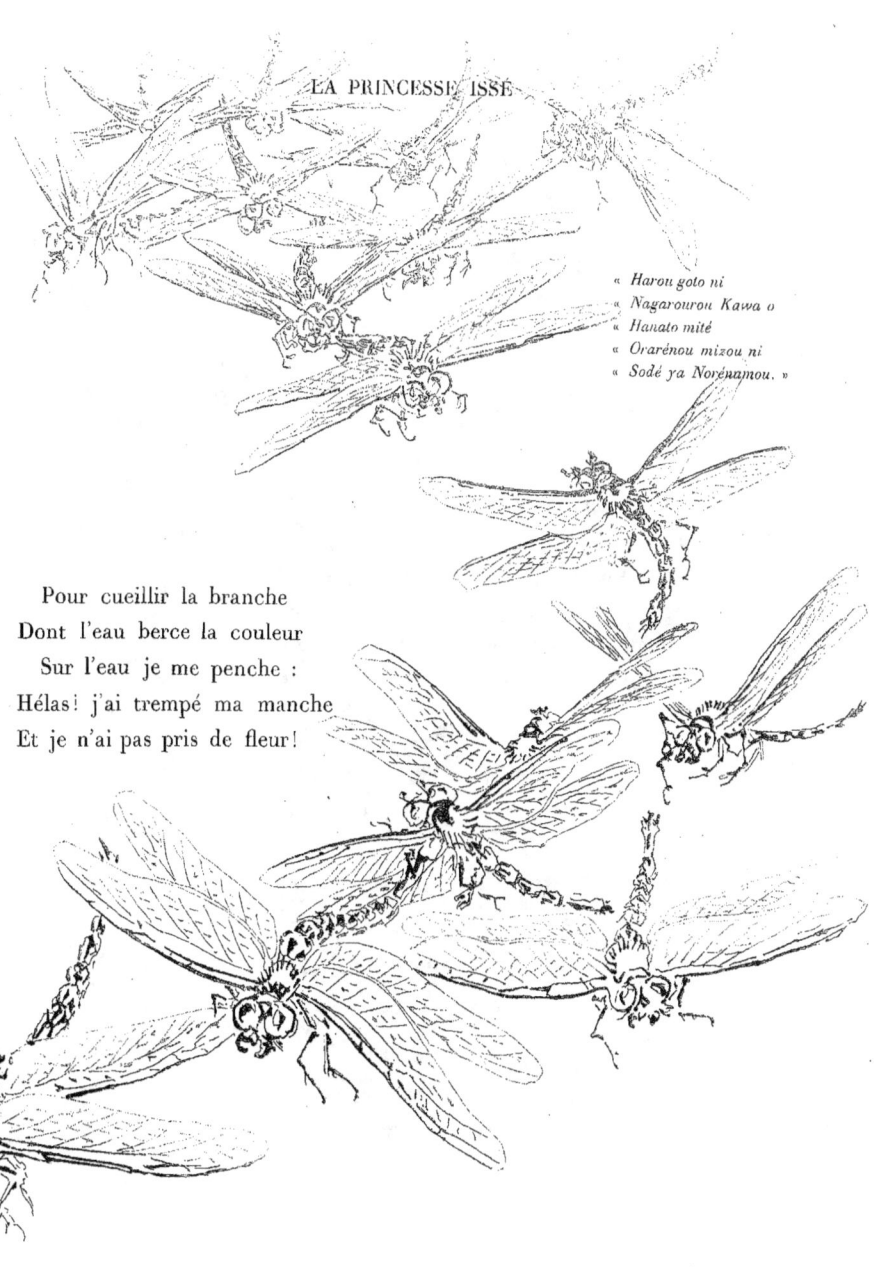

« *Harou goto ni*
« *Nagarourou Kawa o*
« *Hanato mité*
« *Orarénou mizou ni*
« *Sodé ya Norénamou.* »

Pour cueillir la branche
Dont l'eau berce la couleur
  Sur l'eau je me penche :
Hélas! j'ai trempé ma manche
Et je n'ai pas pris de fleur!

INCONNU

Sur l'eau de l'étang,
L'herbe à la plante enlacée,
Vert tapis, s'étend.
Aucun regard ne descend
Jusqu'au fond de ma pensée.

MITSOUKÉ

La nuit sans étoiles
Dérobe en ses sombres toiles
    Les fleurs du pêcher.
Mais, parfum, quels sont les voiles
Où tu pourrais te cacher?

TOMONORI

Tout semble fleurir
Sous la neige qui voltige.
Comment découvrir
Le prunier, dans ce prestige,
Pour en cueillir une tige?

OKI-KASSÉ

Las d'un mal sans trêve,
De ne jamais vous revoir
J'ai fait mon devoir ;
Mais le mensonge du rêve
Me rend au cruel espoir.

TISATO

AU CONCOURS DE LA KISAKI

En semant moi-même,
Rêvant son cœur entr'ouvert,
Cette fleur que j'aime,
Avais-je oublié l'hiver
Qui fane le chrysanthème?

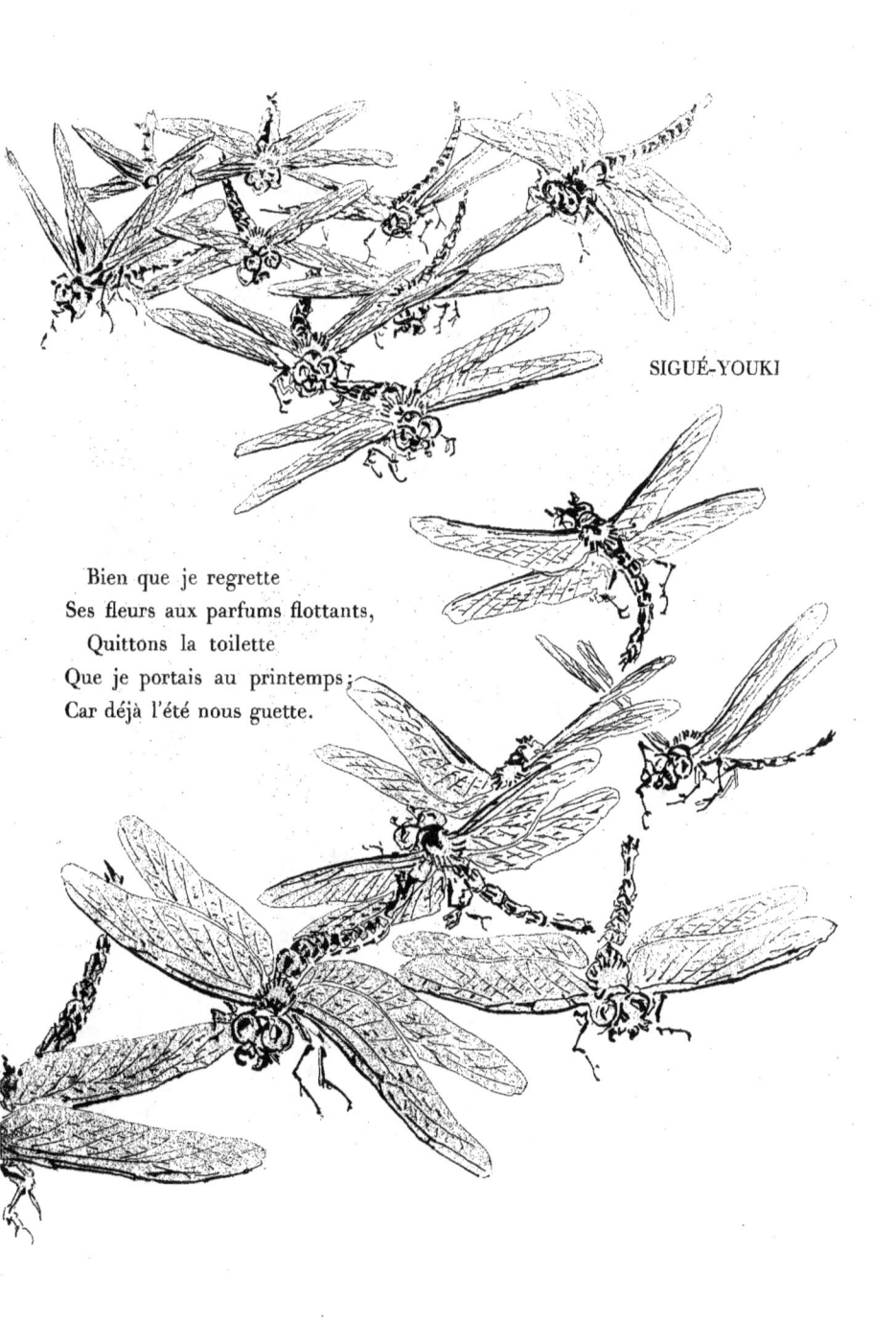

SIGUÉ-YOUKI

Bien que je regrette
Ses fleurs aux parfums flottants,
Quittons la toilette
Que je portais au printemps;
Car déjà l'été nous guette.

SÉ-KIO

Est-ce la gelée
Blanche qui de pourpre a teint
Toute la feuillée?
Frêle étoffe! au vent lointain
Sa pourpre s'est envolée.

SADAIÉ

O lune mourante,
Qui vis mes pleurs douloureux
Dans la nuit d'attente,
Tu charmes l'amant heureux
A l'aube quittant l'amante!

TSOURA-YOUKI

Sur le mont Fouzi
Je voyais la lune poindre ;
Ce n'est plus ainsi :
En mer elle vient me joindre,
S'y lève et s'y couche aussi.

MONNÉ-SADA

Les brumes complices
Cachent les fleurs du prunier,
O vent printanier,
Va dérober aux calices
L'odeur qui fait mes délices.

TSOURA-YOUKI

Si du nouveau maître
De mon logis bien-aimé
Le cœur m'est fermé,
Des fleurs je crois reconnaître
L'ancien accueil embaumé.

KAGUÉ-KI

Mon amour s'éveille
De son front, aube vermeille,
Chassant ses cheveux;
Et l'oiseau fait, ô merveille!
A l'Aurore ses aveux.

MOURASAKI

A CELUI QUI PART

Conte ton tourment
Aux cigognes messagères
Dont le vol charmant
Semble, sur le firmament,
Tracer des strophes légères !

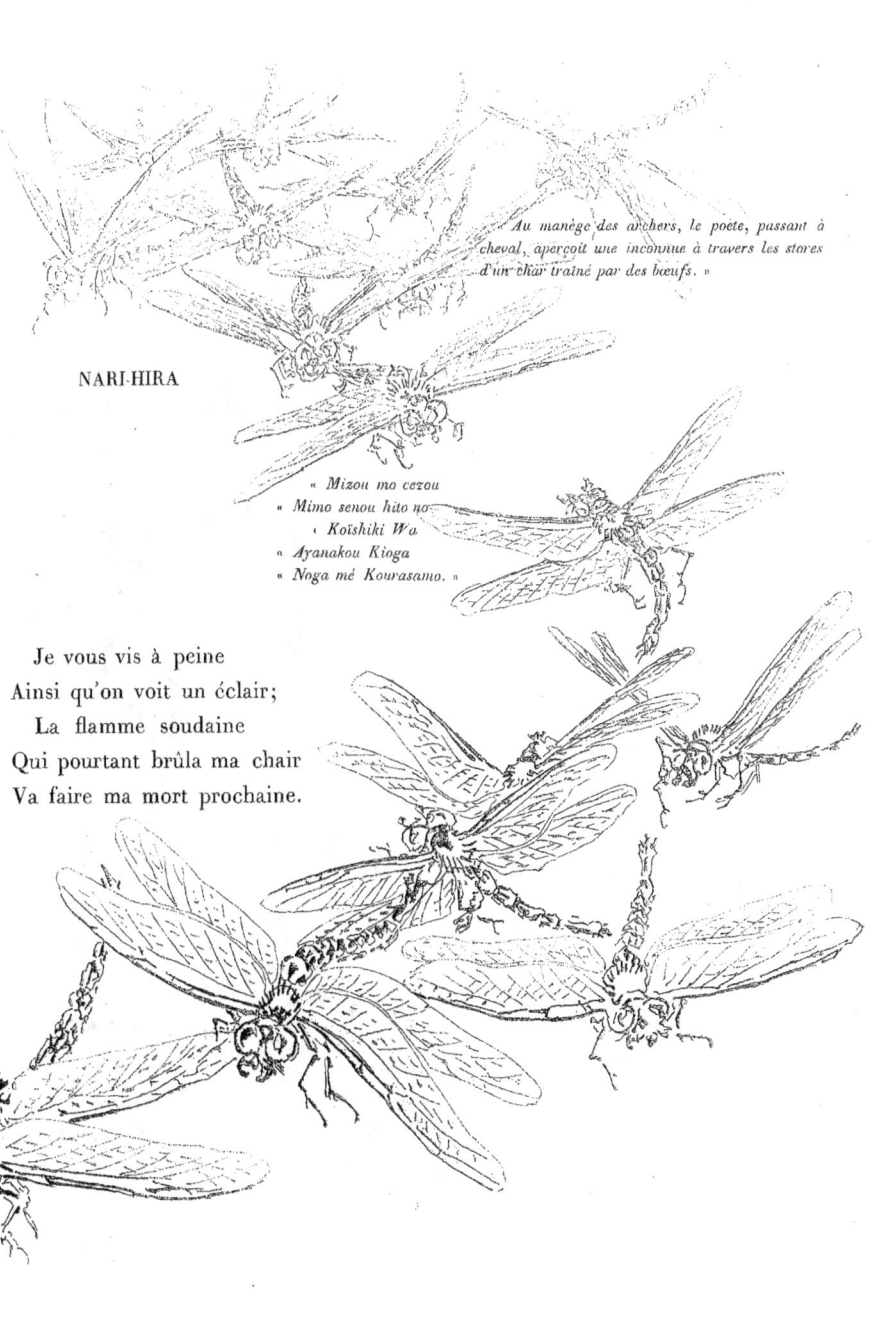

« Au manège des archers, le poète, passant à
cheval, aperçoit une inconnue à travers les stores
d'un char traîné par des bœufs. »

NARI-HIRA

« Mizou mo cezou
« Mimo senou hito no
« Koïshiki Wa
« Ayanakou Kioga
« Noga mé Kourasamo. »

Je vous vis à peine
Ainsi qu'on voit un éclair;
La flamme soudaine
Qui pourtant brûla ma chair
Va faire ma mort prochaine.

RÉPONSE DE L'INCONNUE

Qu'importe me voir?
Seule la pensée existe :
Si, dans le miroir
De votre esprit, je subsiste,
Nous nous verrons quelque soir.

INCONNU

En voyant la pluie,
Sous les cerisiers en pleurs
Je me suis enfuie,
Pour que l'eau, qu'un souffle essuie,
Me mouille à travers les fleurs.

KIOS-KÉ

Pleurerai-je, un jour,
Le mal du présent amour,
Comme je les pleure,
Tous ces maux qu'emporta l'heure
Et que j'ai crus sans retour?

IOLIN

Trompeuse araignée
Qui prédis, dans ce long soir,
Que je vais la voir,
Celle qui s'est éloignée,
Je ne crois plus ton espoir.

La blanche fumée
Qui roulait, puis s'envola,
La nue enflammée
Qui brillait et n'est plus là,
Ah! que c'est triste cela!

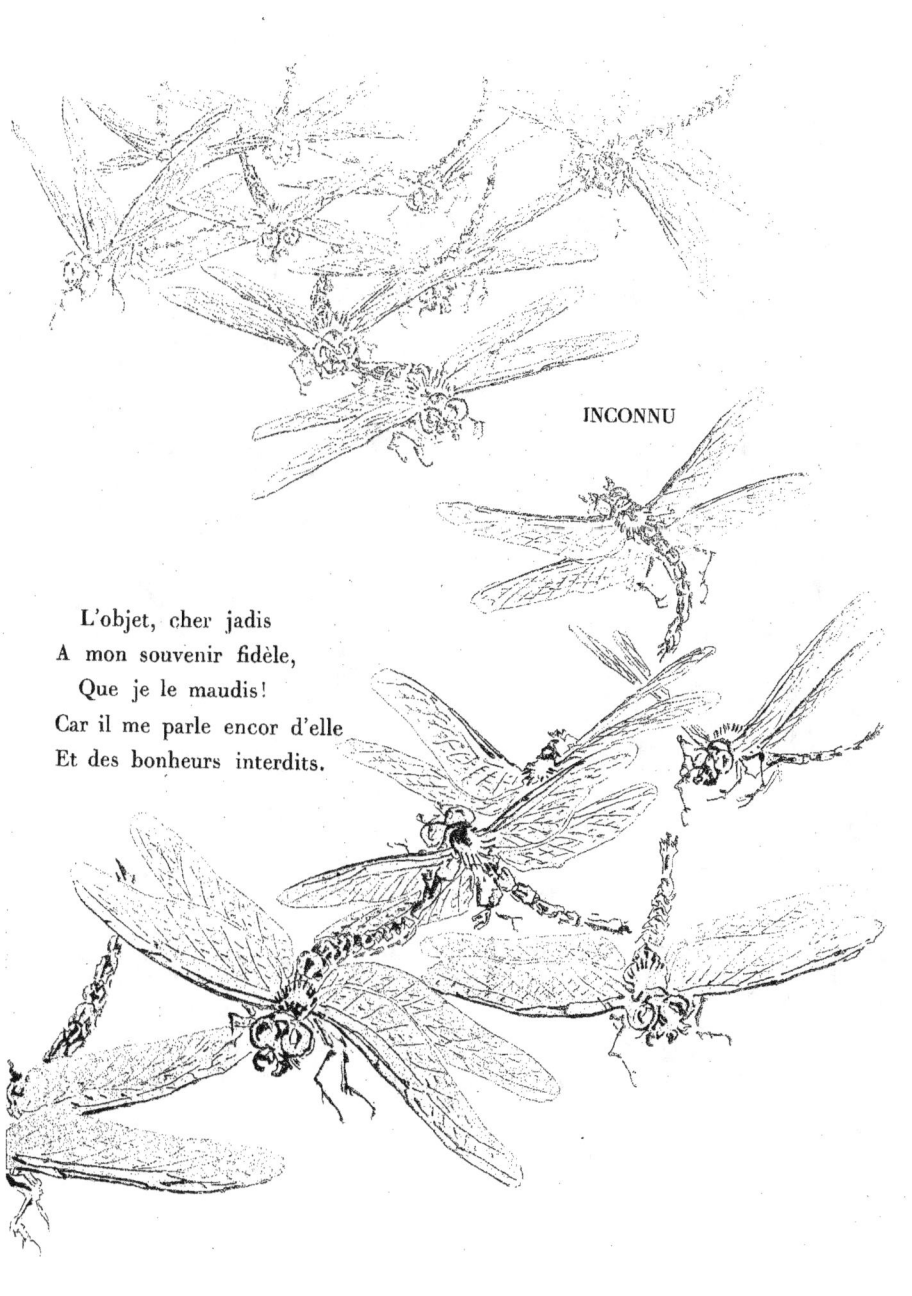

INCONNU

L'objet, cher jadis
A mon souvenir fidèle,
Que je le maudis !
Car il me parle encor d'elle
Et des bonheurs interdits.

KANÉ-MASSA

Les courlis du rempart de Souma

Le cri monotone
Du courlis, qui vient et fuit,
Hiver et automne
T'eveille en la triste nuit,
Gardien du rempart detruit.

KOMATI

Je vois et j'entends,
Sur le bleu chemin du rêve,
Celui que j'attends.
Dans la vie, en vain, longtemps
Mes yeux l'ont cherché sans trêve!

KANÉ-MASSA

Les courlis du rempart de Souma

Le cri monotone
Du courlis, qui vient et fuit,
Hiver et automne
T'eveille en la triste nuit,
Gardien du rempart détruit.

LA MÈRE DU MINISTRE

TOMONO-KODF.

Toujours renaissants,
Dans l'air le rossignol seme
Les mêmes accents ;
Mais moi combien je le sens
Que je ne suis plus la même

INCONNU

Ah! que je voudrais
Cacher le ciel sous ma manche !
Car j'empêcherais
Le vent cruel, qui la penche,
D'effeuiller la pauvre branche.

LA PRINCESSE SIKISI

Douces fleurs qu'effleure
Le toit de notre demeure,
   Quand s'enfuira l'heure
Où je vous vois dans mes pleurs,
Ne m'oubliez pas, ô fleurs!

HATSOU-TADA

Il n'est plus ce cœur
Qui jadis, sans vous connaître,
Triste croyait être !
C'était sous votre œil moqueur
Qu'aux douleurs il devait naître.

Loin de tous, bien loin,
Fuir parmi les rocs sans nombre!
Et là, sans témoins,
Dans la solitude sombre
Conter mon amour à l'ombre!

LE BONZE LIOZEN

Lorsque j'abandonne
Ma retraite monotone,
Lasse d'être seul,
Je ne vois qu'un soir d'automne
Jetant partout son linceul.

INCONNU

Il n'est pas de lieu
Que le printemps ne décore;
Car, sous le ciel bleu,
Là, partout, encore, encore,
Des fleurs, des fleurs, vont éclore!

SANESKÉ

Ma manche inondée
De pleurs, qui l'a regardée?
Un indifférent!
Par vous seul j'avais l'idée
D'être vue ainsi pleurant.

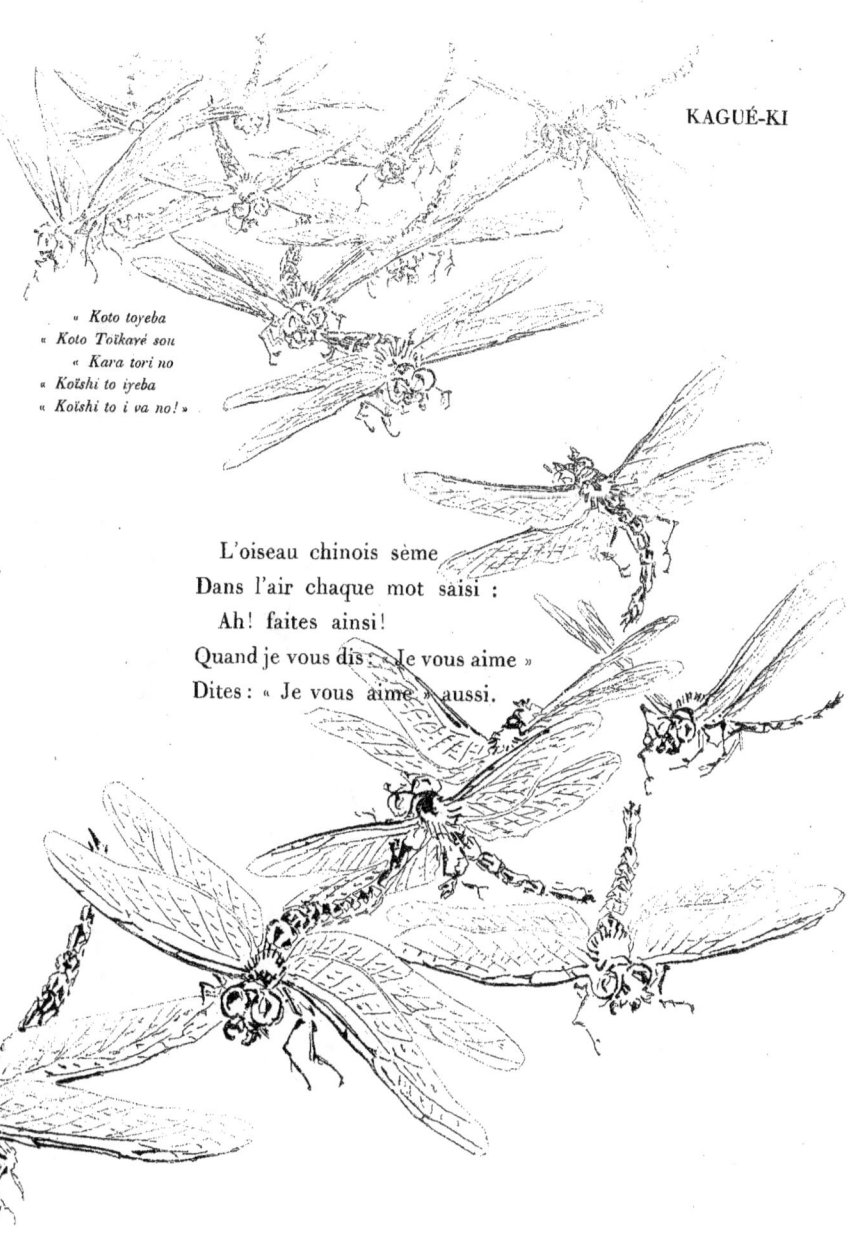

KAGUÉ-KI

« *Koto toyeba*
« *Koto Toïkayé sou*
  « *Kara tori no*
« *Koïshi to iyeba*
« *Koïshi to i va no !* »

L'oiseau chinois sème
Dans l'air chaque mot saisi :
Ah ! faites ainsi !
Quand je vous dis : « Je vous aime »
Dites : « Je vous aime » aussi.

LA PRINCESSE ISSÉ

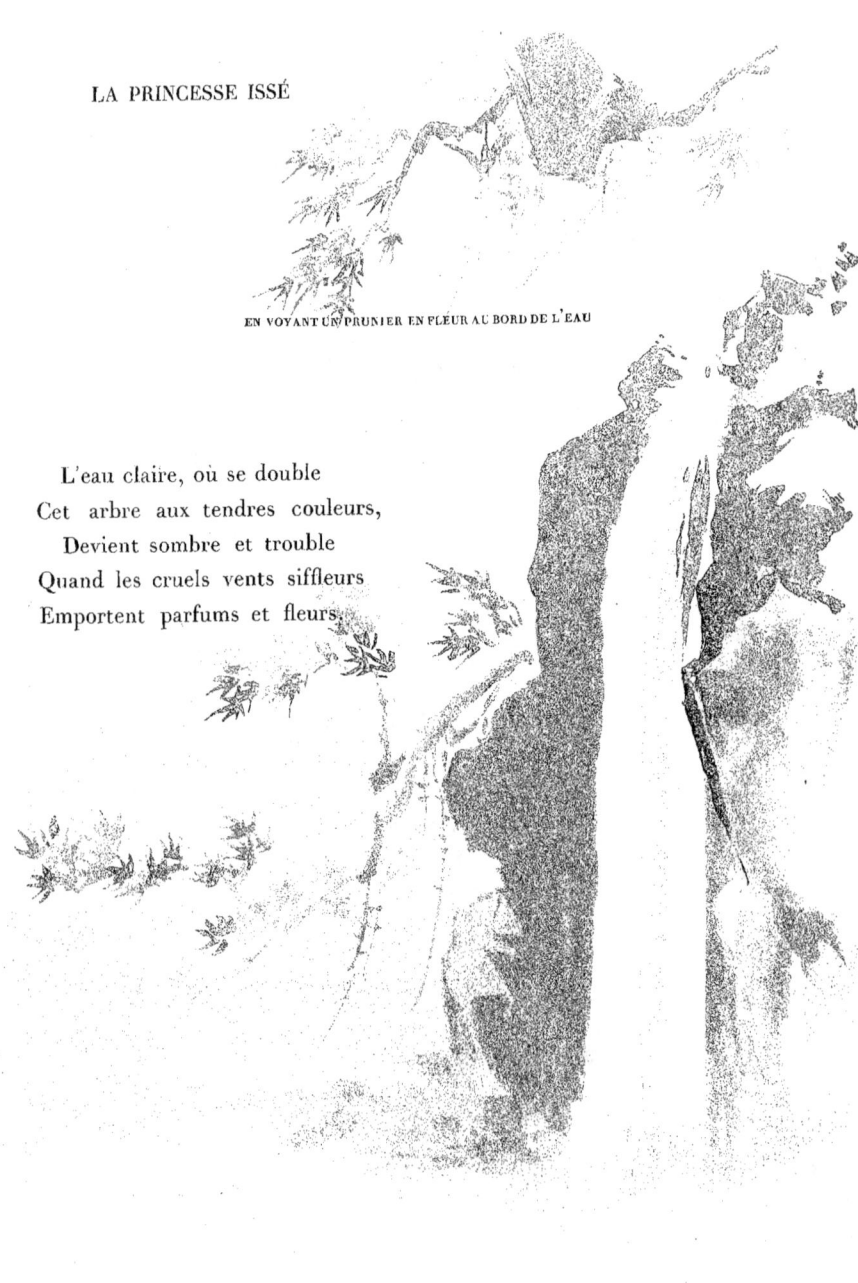

EN VOYANT UN PRUNIER EN FLEUR AU BORD DE L'EAU

L'eau claire, où se double
Cet arbre aux tendres couleurs,
Devient sombre et trouble
Quand les cruels vents siffleurs
Emportent parfums et fleurs.

MOURASAKI

Toi que j'aime tant,
Pourquoi m'as-tu, m'évitant,
Caché ton visage?
Ainsi, sortant d'un nuage,
La lune y rentre à l'instant.

INCONNU

L'amour m'a rendu
Plus ombre que l'ombre même
Et, douleur suprême,
Ombre sans corps, éperdu,
J'erre loin de vous que j'aime!

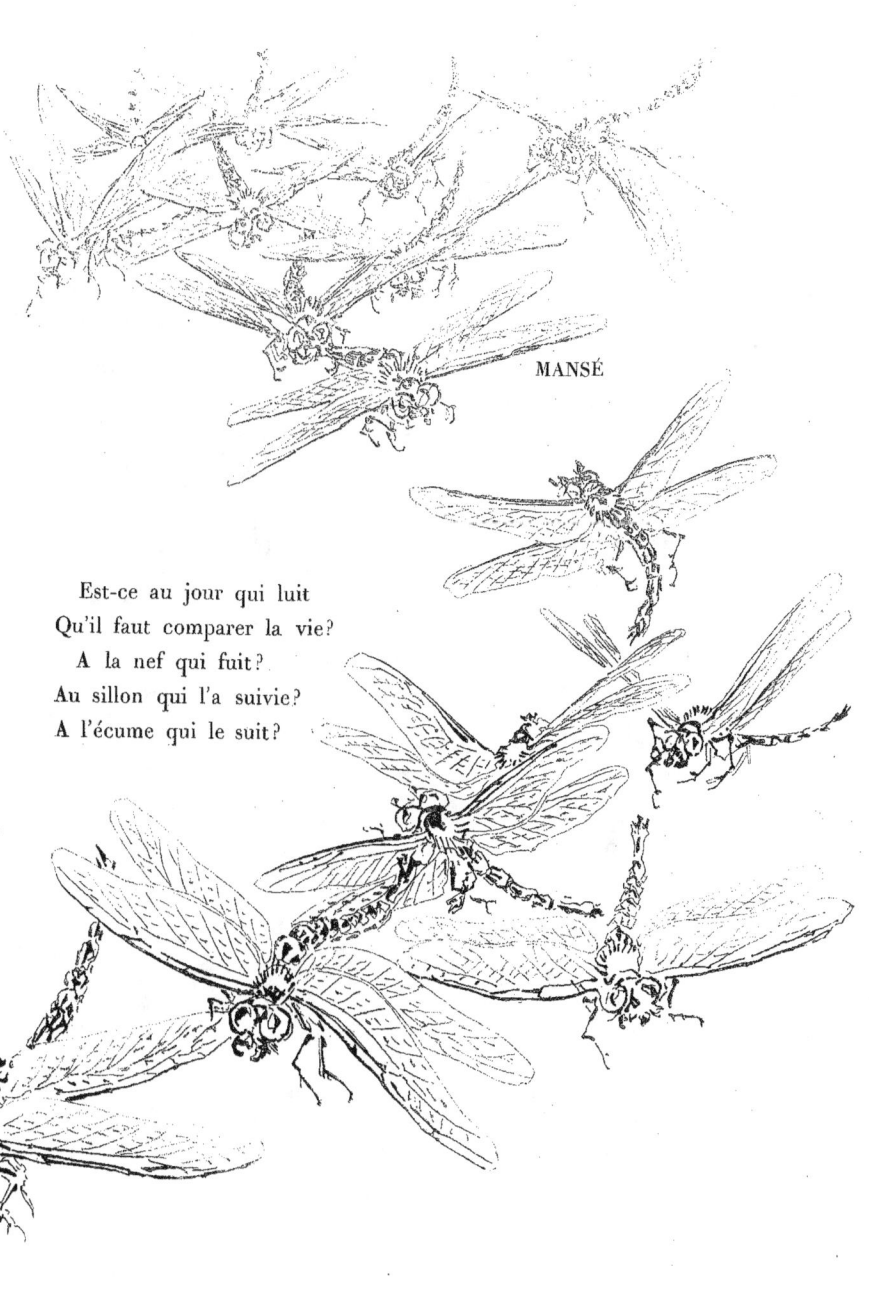

MANSÉ

Est-ce au jour qui luit
Qu'il faut comparer la vie?
A la nef qui fuit?
Au sillon qui l'a suivie?
A l'écume qui le suit?

YOSI-TADA

Où le veut la lame
Va le marin d'Ioura
Qui n'a plus de rame :
Ainsi, comme il le voudra,
L'amour emporte mon âme!

CRÉBASSE

La mort qui délivre,
Si je ne peux vous revoir,
Est mon seul espoir;
Essayez votre pouvoir :
Me faut-il mourir ou vivre?

LE MIKADO TENDI

Ma hutte qu'on voit
Au milieu de la rizière,
Des murs jusqu'au toit
Est disjointe, et l'eau qui choit
Mouille ma manche grossière.

IYÉ-TAKA

A LA CAMPAGNE

Sans route connue
Les amants vont sous la nue :
La nuit est venue...
Doux rossignol, garde-leur
Un abri sous quelque fleur!

Le lotus, charmant
Bien qu'il soit né dans la fange,
Comme un autre ment :
Sur ses feuilles, l'eau qu'il change
Nous semble perle ou diamant.

TI-KANGUÉ

Vous par qui je meurs,
Un autre homme vous possède !
Tel cet arbre en pleurs
De mon champ, sous le vent tiède,
Au clos voisin tend ses fleurs.

HITO-MARO

Du cerf, anxieux
Devant la flèche cruelle
Du chasseur joyeux,
L'angoisse est peu près de celle
Qu'à mon cœur causent vos yeux.

INCONNU

Est-ce seulement
Pour moi que le monde est triste?
Est-ce qu'il existe,
L'insupportable tourment,
Depuis que l'homme subsiste?

TSOURA-YOUKI

Quand il neige en l'air,
Dans la chambre on voit encore
Des fleurs au ton clair
Que l'hiver a fait éclore,
Et que le printemps ignore.

INCONNU

O fleur du prunier
Qui vas t'enfuir, tout à l'heure,
Au vent qui t'effleure,
Qu'au moins ton parfum demeure
Comme un souvenir dernier!

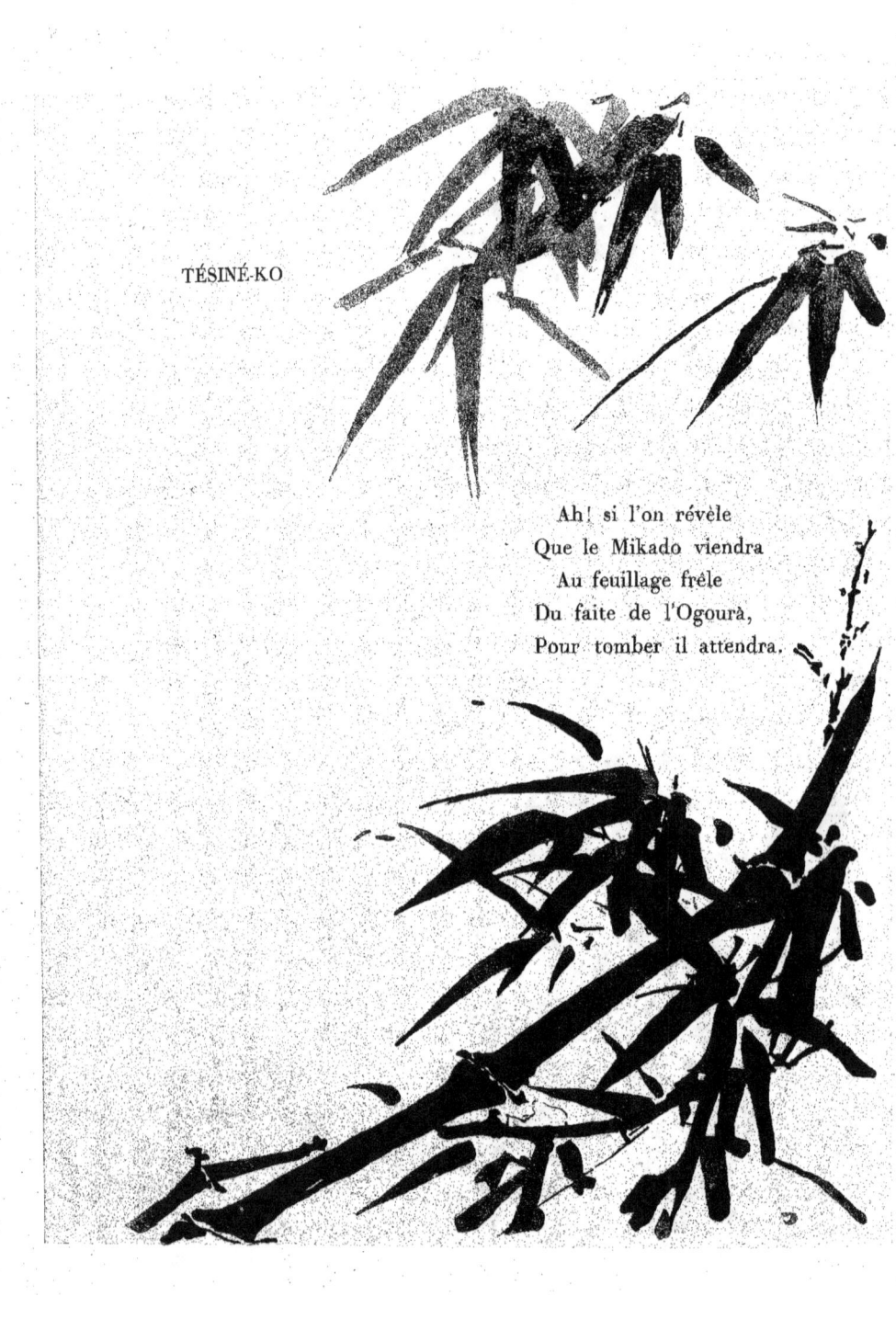

TÉSINÉ-KO

Ah! si l'on révèle
Que le Mikado viendra
Au feuillage frêle
Du faîte de l'Ogourà,
Pour tomber il attendra.

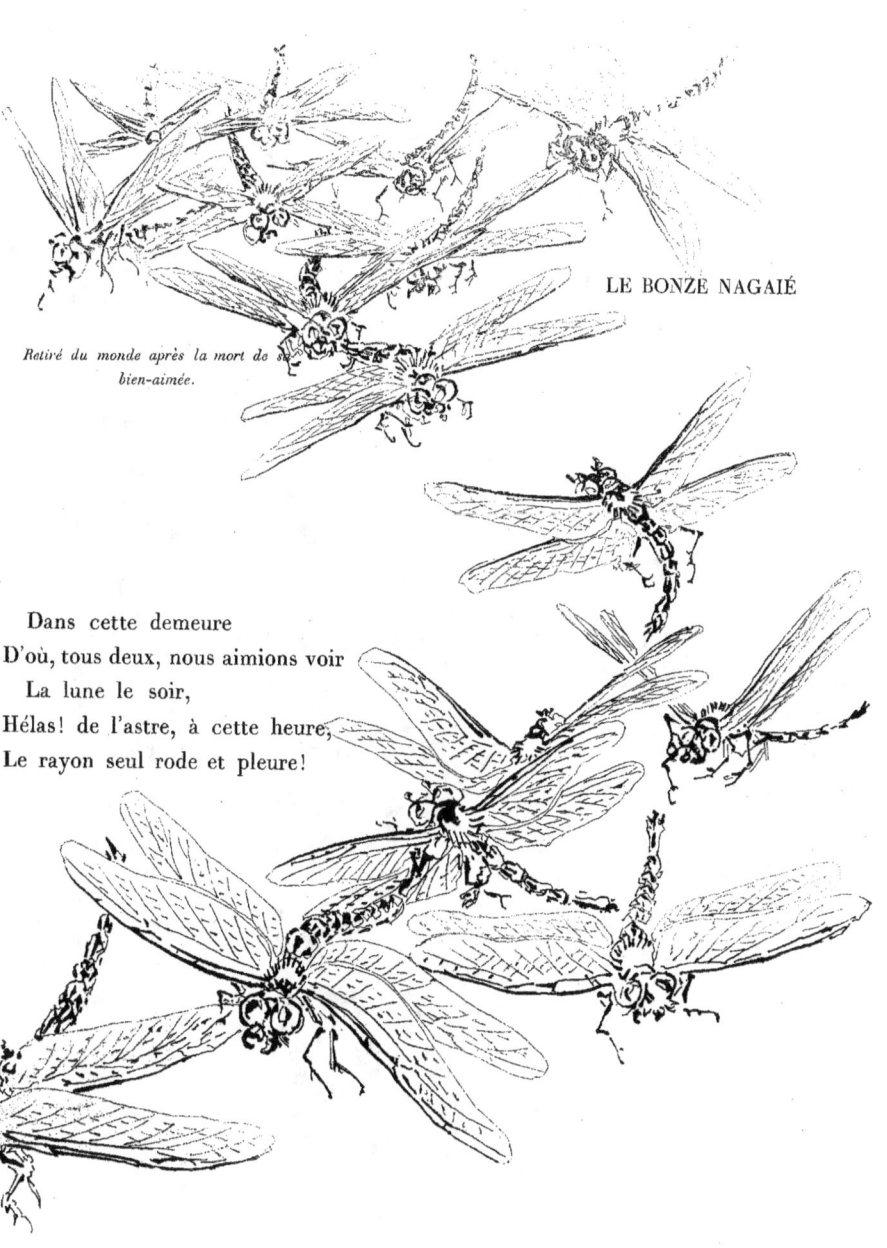

LE BONZE NAGAIÉ

Retiré du monde après la mort de sa
bien-aimée.

Dans cette demeure
D'où, tous deux, nous aimions voir
  La lune le soir,
Hélas! de l'astre, à cette heure,
Le rayon seul rode et pleure!

INCONNU

RENDEZ-VOUS

L'eau tombe par flots !
Et ce malheur bouleverse
Nos tendres complots.
Moi je retiens mes sanglots
Pour ne pas grossir l'averse.

INCONNU

Rossignol, tu mêles
De ce saule printanier
Les écheveaux frêles,
Pour coudre, sur le prunier,
Le chapeau des fleurs nouvelles.

KALIOU

Le Fouzi dans l'air
Monte haut; pourtant la flamme
　　Du volcan qui clame
Plus haut lance un rouge éclair....
Mais jusqu'où s'élève l'âme?

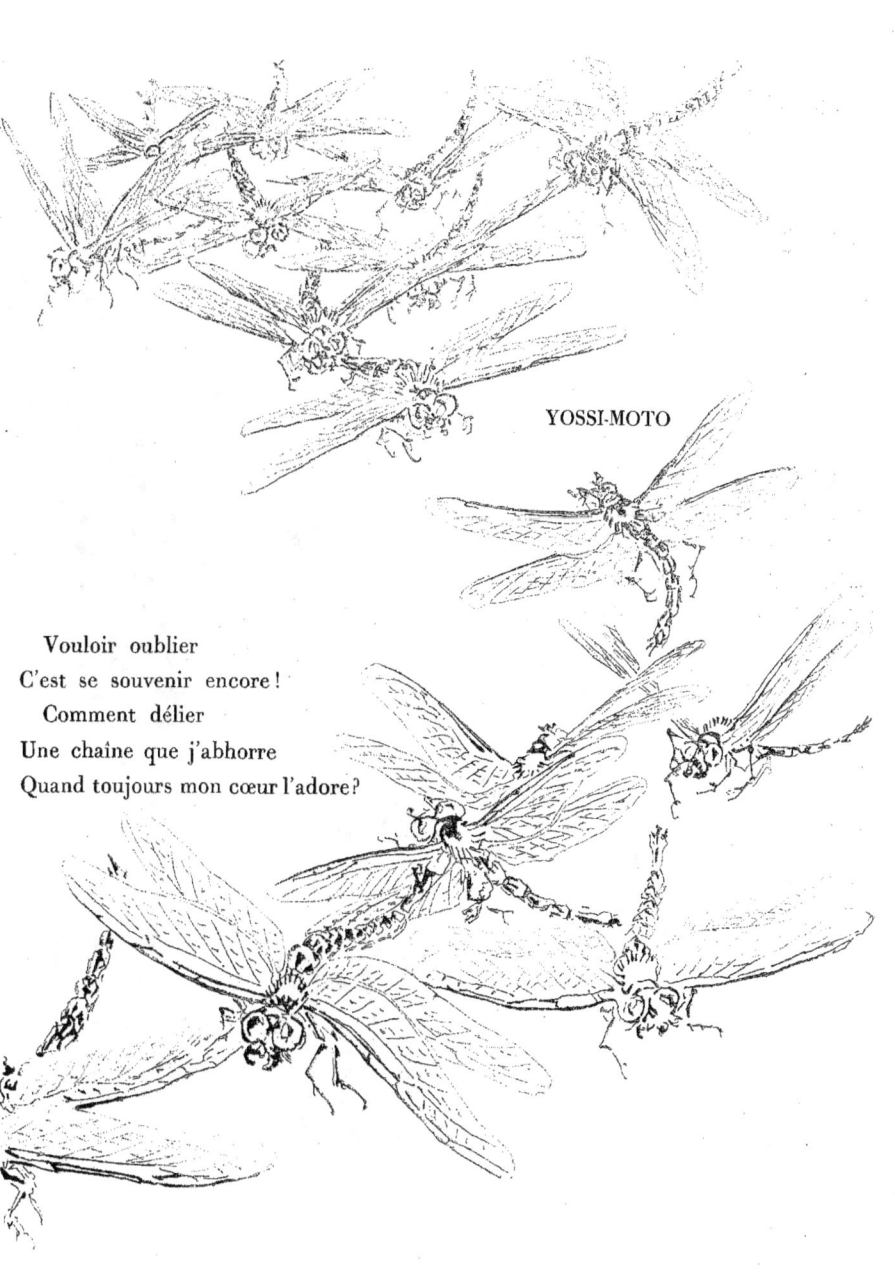

YOSSI-MOTO

Vouloir oublier
C'est se souvenir encore !
    Comment délier
Une chaîne que j'abhorre
Quand toujours mon cœur l'adore?

SUTOK

EMPEREUR DÉTRONÉ

Où donc s'en vont-elles,
Ces feuilles, en se suivant
Avec un bruit d'ailes?
C'est fini : le triste vent
Seul de l'automne est vivant!

TSOURA-YOUKI

Ah! depuis longtemps,
Si je n'avais pas de larmes,
Les désirs constants
De mon amour plein d'alarmes,
Brûleraient mon cœur sans armes!

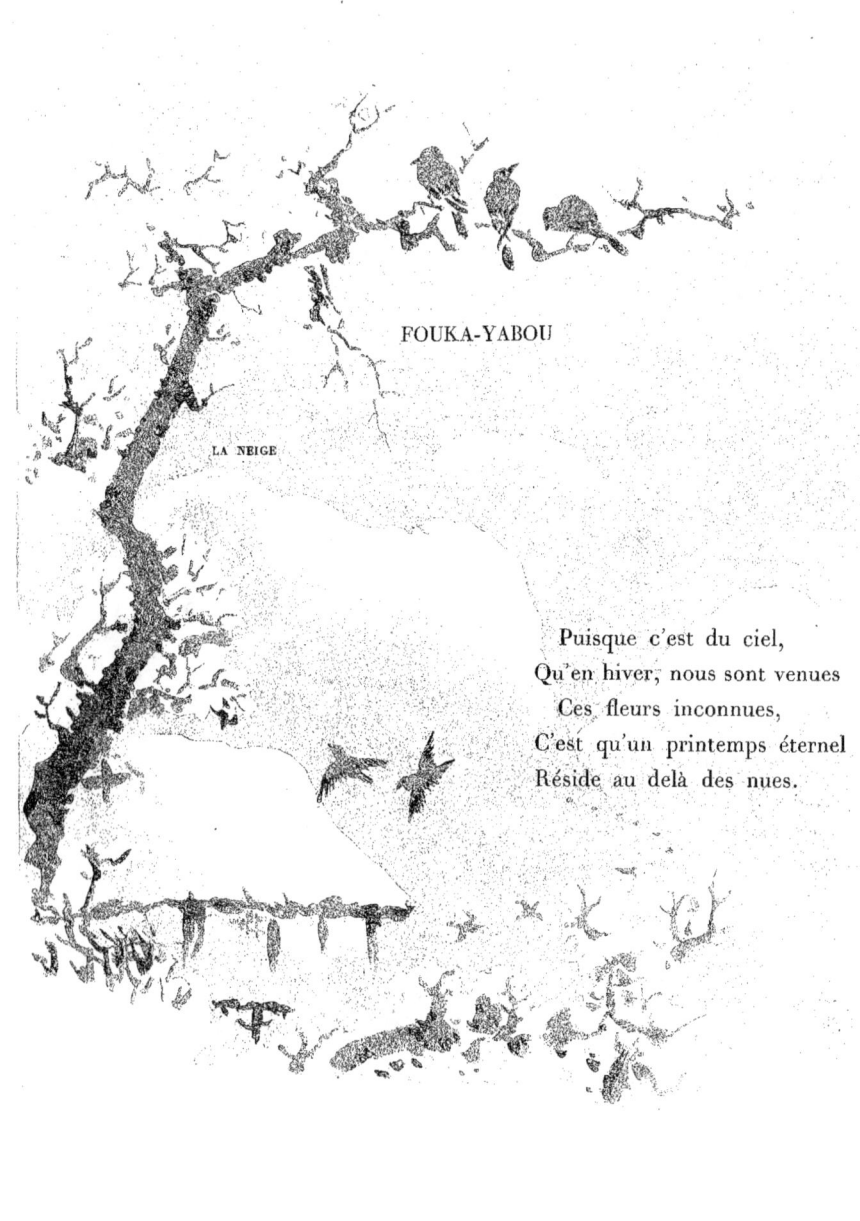

FOUKA-YABOU

LA NEIGE

Puisque c'est du ciel,
Qu'en hiver, nous sont venues
Ces fleurs inconnues,
C'est qu'un printemps éternel
Réside au delà des nues.

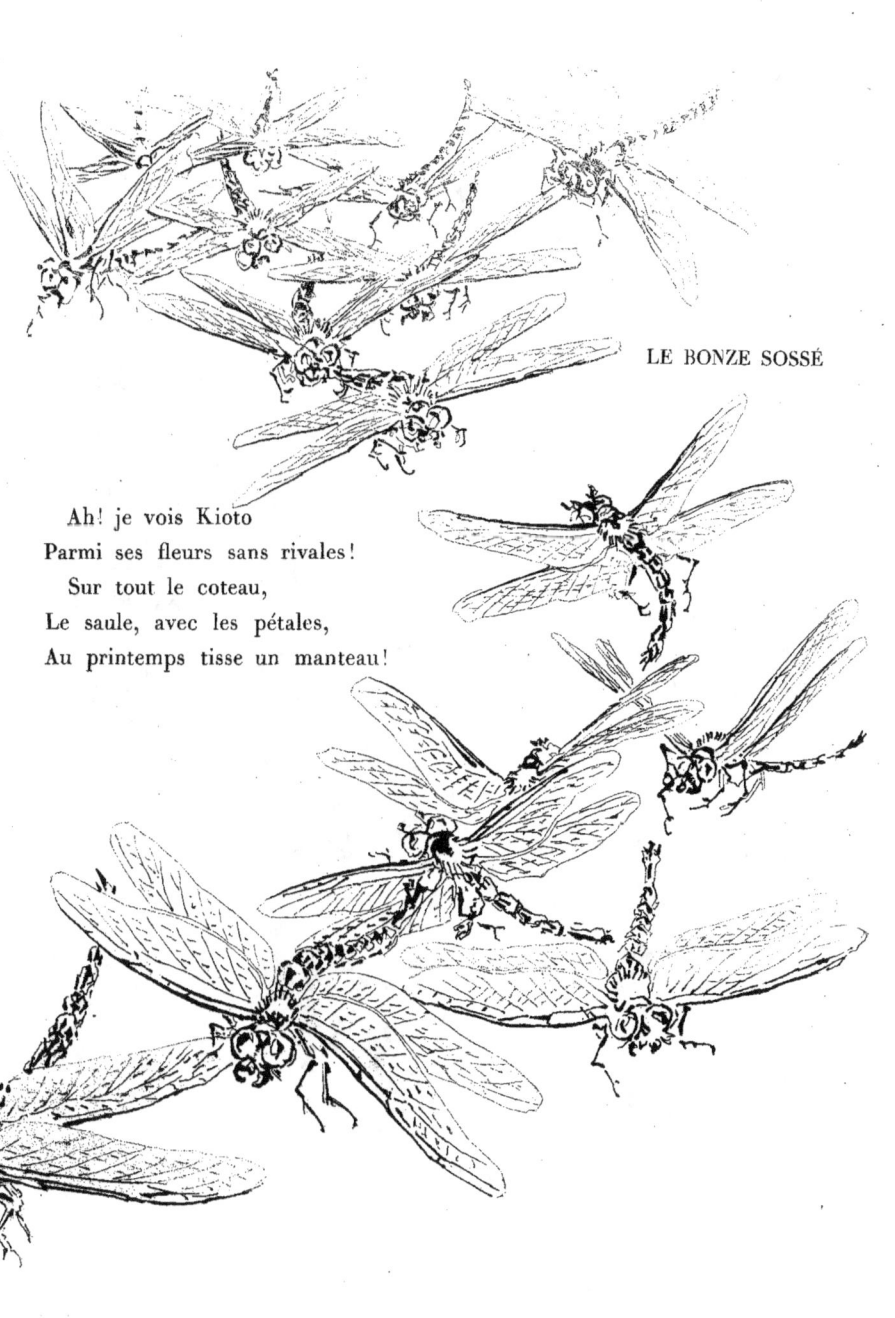

LE BONZE SOSSÉ

Ah! je vois Kioto
Parmi ses fleurs sans rivales!
  Sur tout le coteau,
Le saule, avec les pétales,
Au printemps tisse un manteau!

DAINI

MATIN D'AUTOMNE

Pour fondre et mêler
Les perles de la rosée,
Le vent peut souffler !
Chaque goutte, aux fleurs posée,
Y reste seule irisée.

LE RÉGENT GOKIO-GOKOU

Croit-on que souvent
L'on puisse écouter du vent
La plainte haletante,
Courir dans le bois mouvant,
Par un triste soir d'attente?

EXIL

Quand j'ai fui Kioto,
Du printemps la douce haleine
Caressait la plaine;
Mais, à la frontière à peine,
L'hiver souffle en mon manteau.

SONO-KA

TRISTESSE DE CONVALESCENT

Moi j'étais captif
Au fond de la chambre close;
Le printemps furtif,
Sourd à mon regret plaintif,
A fauché sa moisson rose.

TADAMINÉ

Eventail qui charmes,
T'aimera-t-on tout l'été?
Seras-tu jeté,
Avant que sur ta beauté
L'automne ait pleuré ses larmes?

神のます
ちゃり
たれ
みし月を
やまめかれ
よしみしかるとも
人をとく
し

藤原秀能

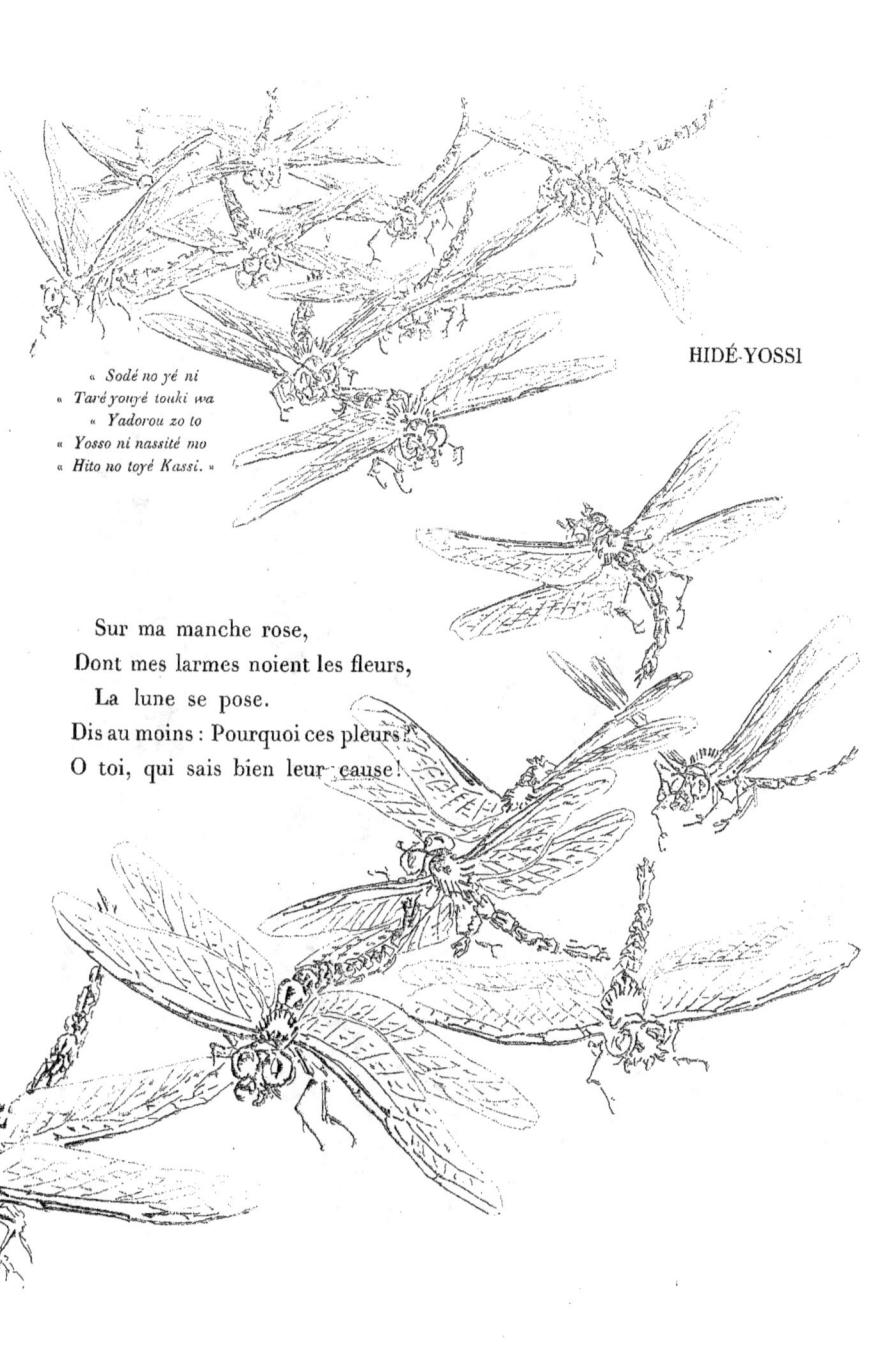

HIDÉ-YOSSI

« Sodé no yé ni
« Taré youyé touki wa
« Yadorou zo to
« Yosso ni nassité mo
« Hito no toyé Kassi. »

Sur ma manche rose,
Dont mes larmes noient les fleurs,
La lune se pose.
Dis au moins : Pourquoi ces pleurs?
O toi, qui sais bien leur cause!

SAIGIO

GUERRIER CÉLÈBRE DEVENU BONZE

Même aux yeux railleurs
Pour qui rien n'a plus de charmes,
En brisant les fleurs,
Dans les jardins sans couleurs,
L'automne arrache des larmes.

KOMATI

Pendant que rêvant,
Pleine de mélancolie,
J'ai laissé souvent
L'heure fuir avec le vent,
La fleur est déjà pâlie!

KEN-TOKOU-KO

A une femme après deux jours de bouderie

La barrière, hélas !
Depuis hier par nous dressée
Entre nos cœurs las,
Déjà semble à ma pensée
Par des siècles amassée.

RÉPONSE ÉTI

Sais-je, hélas! moi-même
Quel jour nous vint délier
D'un serment suprême,
Quand mon cœur put oublier
Jusqu'à quel point il vous aime?

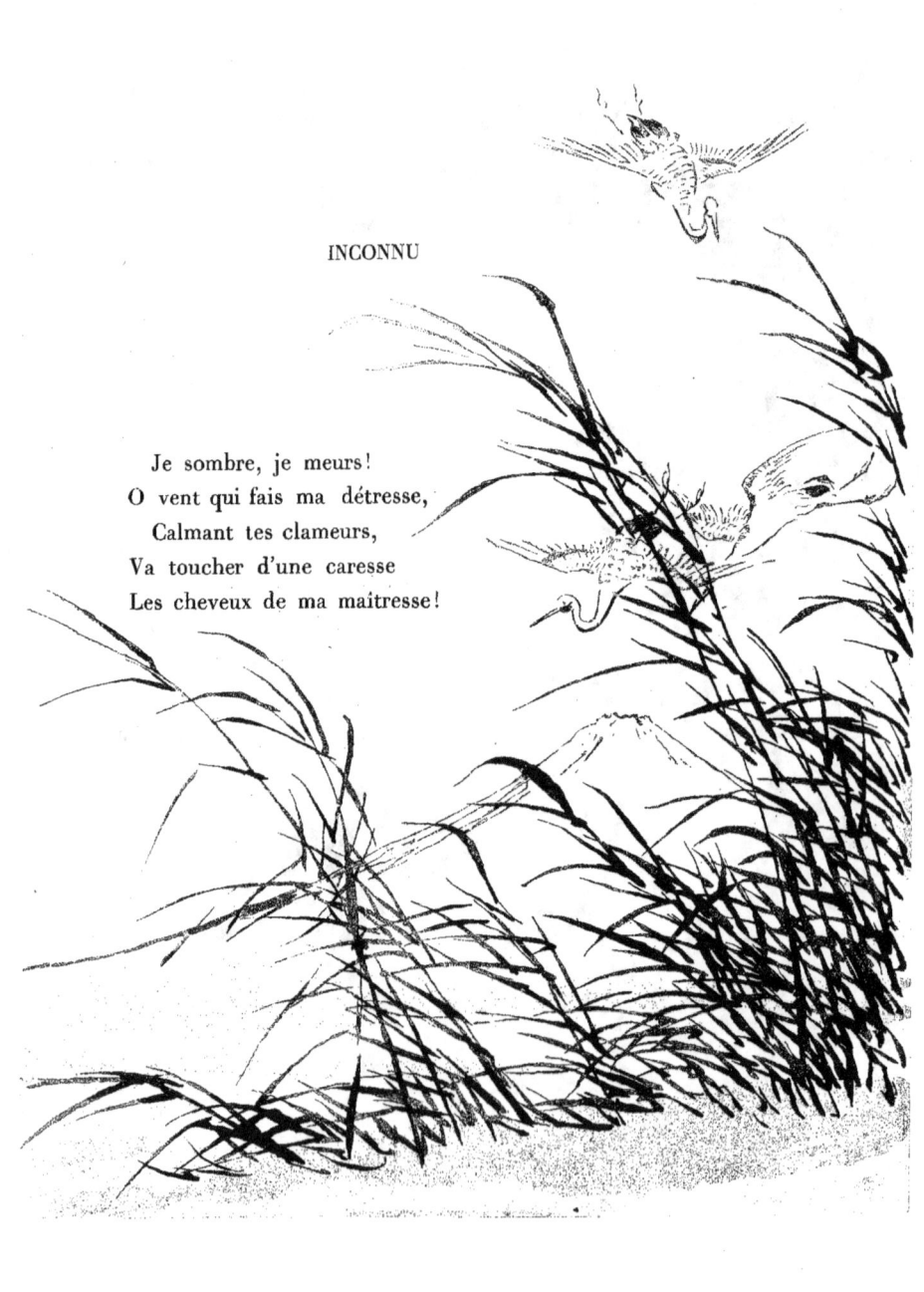

INCONNU

Je sombre, je meurs!
O vent qui fais ma détresse,
Calmant tes clameurs,
Va toucher d'une caresse
Les cheveux de ma maîtresse!

Un soir de printemps les filles d'honneur étaient
réunies chez la princesse Nizio et l'on devisait gaiement.
La belle Sono, étendue paresseusement, demanda un
coussin pour reposer sa tête. Le seigneur Tadaïe, qui
passait sur la galerie extérieure, l'entendit à travers le
store et lui offrit l'appui de son bras.

SONO RÉPONDIT

Ah ! pour un vain rêve,
Que l'aube en naissant enlève,
Faut-il désormais,
Après cette nuit trop brève,
Sans honneur vivre à jamais ?

Pourquoi donc si brève
La nuit du printemps vainqueur?
Ah! si c'est un rêve,
Ce repos près de mon cœur,
Que jamais il ne s'achève!

Un jour l'empereur avait admiré, en se promenant,
un prunier aux fleurs roses et il voulait le faire trans-
porter dans son jardin; il envoya un messager pour déra-
ciner l'arbre. La maîtresse de l'enclos où se trouvait le
prunier répondit :

Puisqu'il le désire,
Celui que chacun bénit,
Cela doit suffire;
Mais au rossignol que dire
Lorsqu'il cherchera son nid?

INCONNU

En désespéré
J'attends la mort qui délivre :
   Car, s'il me faut vivre,
Quelque jour je trahirai
Le triste amour qui m'enivre.

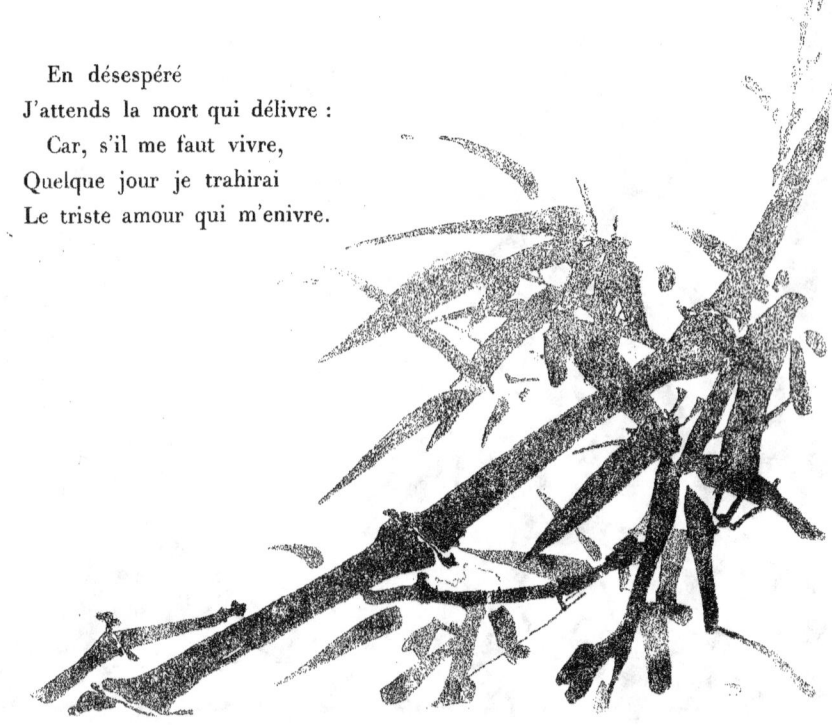

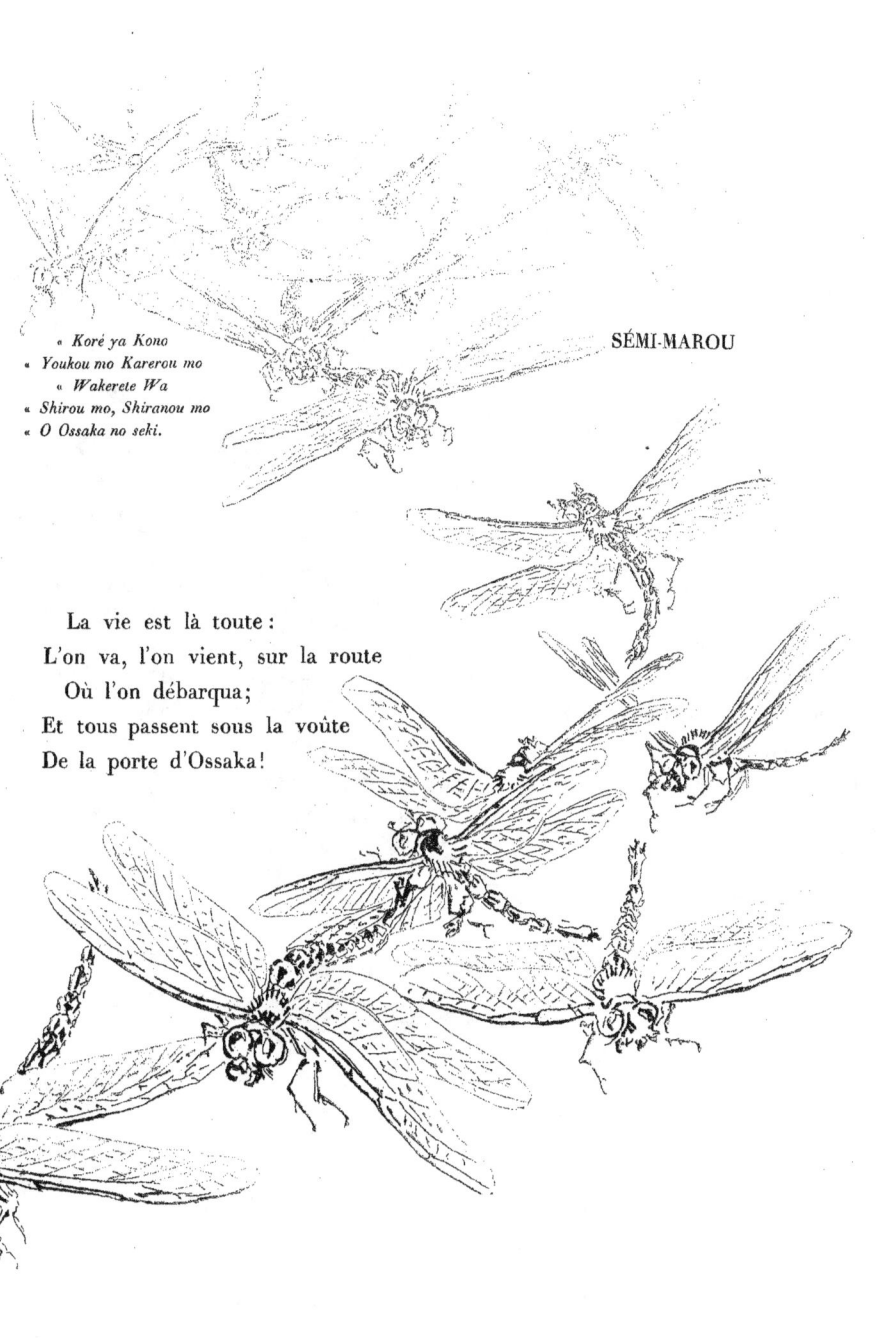

« Koré ya Kono
« Youkou mo Karerou mo
« Wakerete Wa
« Shirou mo, Shiranou mo
« O Ossaka no seki.

SÉMI-MAROU

La vie est là toute :
L'on va, l'on vient, sur la route
   Où l'on débarqua ;
Et tous passent sous la voûte
De la porte d'Ossaka !

KINSANÉ

Faisant partie des cent outas offerts au mikado
Holi-Kava.

ESPOIR DÉÇU

Je songe, en mon mal,
A l'altéré qui se penche
    Vers l'eau, frais cristal,
L'eau d'entre ses doigts s'épanche;
Il n'a que mouillé sa manche!

OUKOU

« Qu'il meure sur l'heure
« Le traître! » avions-nous juré;
C'est pourquoi je pleure :
Car, l'infidèle adoré,
Le ciel va vouloir qu'il meure!

SAMÉ-YORI

La grêle ricoche
Du brassard au bouclier;
Et le cavalier
Lance un trait vers le hallier
Du champ de Na-Sou-No proche.

*Un daïmio 250 ans plus tard, dans une
période de paix, en songeant au poème pré-
cédent.*

Le temps est bien vieux
Ou du brassard des aïeux
   Ricochait la grêle.
C'est du fond d'un lit soyeux
Que j'écoute son choc grêle.

LE BONZE HENDJO

EN REGARDANT LES DANSEUSES DE LA COUR

O vents que j'implore,
Fermez les cieux enchantés,
Pour que ces beautés,
Que tant de grâce décore,
Restent sur la terre encore!

TSOURA-YOUKI

Saule, avec ton fil,
Couds au cerisier fragile
Les fleurs en péril.
Trop tard! l'écheveau s'effile
Quand se découd le pistil!

INCONNU

Lentement brûlé,
Fume l'arbre aromatique
Haï du moustique.
A ce feu dissimulé
Ressemble mon cœur voilé.

INCONNU

S'il pouvait m'entendre
Le vent qui souffle là-bas,
J'irais sur ses pas
Lui dire : Ne brise pas
Cet arbre au feuillage tendre.

Mon espoir suprême
Est de pouvoir, un seul jour,
Vous dire à vous-même :
Je veux arracher l'amour
Du triste cœur qui vous aime !

KINTENÉ

Le vent fait neiger
Sur la terre, blanche tombe,
Les fleurs du verger;
Et je me prends à songer
Qu'aussi je décline et tombe.

TADA-KANÉ

Vent âpre et tranchant,
A ta colère exposée
La branche est brisée;
Tu lui prends encor, méchant,
La pitié de la rosée!

De perdre la vie
J'aurais été moins navré,
Que d'être tiré,
Si tôt, du rêve adoré
Où mon âme était ravie!

MASSA-SOUNI

La glace se brise :
L'onde revit sous la brise
Frôlant les étangs ;
L'écume de l'eau s'irise,
Première fleur du printemps !

HITO-MARO

Ce matin je veux,
Sans que l'or du peigne y passe,
Laisser mes cheveux :
J'aurais trop peur qu'il efface
Des baisers la chère trace !

TOMONORI

Envoi d'une branche de prunier en fleur

A toi je l'adresse
Cette branche aux tendres fleurs :
Seul qui sait l'ivresse
Des parfums et des couleurs
En mérite la caresse.

TABLE

ET TRADUCTION LITTÉRALE DES POÈMES DE LA LIBELLULE

Sé-Kio.

« Est-ce la gelée blanche qui travaille à teindre comme une étoffe, les feuilles en
« pourpre? En tout cas l'étoffe n'est pas solide car, à peine pourprée, le vent l'emporte. »

Tadaïé.

« Cette lune pâlissante que je contemple encore après une longue nuit d'attente, est
« le spectacle matinal qui charme l'amant heureux revenant de chez son amante. ». . . .

Tsoura-Youki.

« La lune, que je voyais dans la capitale, se lever au-dessus de la montagne, aujour-
« d'hui je la vois sortir de la mer, et se coucher dans la mer. ». . . . .

Mouné-Sada.

« Malgré le brouillard qui cache les fleurs du cerisier; ô vent printanier, dérobe leur
« parfum et apporte-le moi. ». . . . .

Tsoura-Youki.

« Le cœur des nouveaux habitants de mon ancienne demeure, m'est peut-être hostile;
« mais les fleurs, qui semblent se souvenir, m'envoient le même parfum qu'autrefois. »

Kagué-Ki.

« Quand ma bien-aimée écarte le désordre de ses cheveux de l'aurore de son front,
« près de sa fenêtre le rossignol chante l'aurore. ». . . . .

Mourasaki.

« Confiez vos messages à l'aile des cigognes, aux cigognes dont, sans relâche, le vol
« sur le ciel semble former des inscriptions. ». . . . .

Nari-Hira.

« Je ne vous ai pas vue, pourtant vous m'avez ébloui; et l'amour me brûle à tel point
« que je ne sais comment je pourrai vivre jusqu'à ce soir!. ». . . . .

Réponse de l'*Inconnue.*

« Qu'importe que vous m'ayez vue ou non! la pensée seule existe et si je suis vraiment
« dans la vôtre nous nous reverrons bientôt. ». . . . .

Inconnu.

« Tandis que je vais voir les fleurs de cerisier la pluie me surprend. Si je dois être
« mouillé que ce soit au moins sous les fleurs. ». . . . .

Kioské.

« Regretterai-je un jour, la tristesse de l'heure présente, comme je regrette, dans le
« passé, des heures où je me croyais malheureux? ». . . . .

Iolin.

« Araignée trompeuse qui multiplie tes mensonges, dans cette longue soirée, pour
« me prédire que je vais revoir l'absente; je ne te crois plus! ». . . . .

La fille du poète *Chun Zé.*

« La fumée qui va se dissoudre et disparaître sur terre, le nuage qui s'efface au ciel
« sans laisser de traces; comme c'est triste! ». . . . .

Inconnu.

« Cet objet qui me fut si précieux est maintenant mon ennemi puisqu'il me fait souvenir
« de ce que je veux oublier. ». . . . .

Signé-Youki.

« Sans relâche les vagues, poussées par la tempête, se brisent contre les rochers.
« Sans fin mon amour se brise contre votre froideur. ». . . . .

Yosi-Tada.

« Comme le navigateur du port de Ioura qui a perdu son gouvernail, je ne sais pas où
« me conduit le chemin de l'amour. »................................

Oki-Kassé.

« Je mourrai certainement de cet amour si je n'ai l'espérance de vous voir quelquefois.
« Ferez-vous l'essai? et voudrez-vous me voir mourir ou vivre? »...............

Tendi-Mikado.

« Ma hutte couverte en paille de riz, au milieu de la rizière, est disjointe et mes
« manches sont toutes mouillées de rosée. »........................

Iyé-Taka.

« Tandis que les amants se promènent sans savoir où, la nuit tombe. Oh! rossignol
« donne-leur un abri sous les fleurs! ».............................

Sodjo-Hendjo.

« Pourquoi le lotus, qui reste si pur tout en prenant racine dans la boue, nous trompe-
« t-il en montrant comme des pierreries la rosée égrenée sur ses feuilles? »......

Tikangué.

« Celle que mon cœur aime par-dessus tout elle appartient à un autre; ainsi ce saule,
« qui prend racine dans mon jardin, se penche poussé par le vent et embellit de ses
« rameaux l'enclos voisin! »................................

. *Hito-Maro.*

« Même le cerf en face de la flèche de l'homme brutal n'éprouve pas une angoisse
« aussi poignante que celle qui, près de vous, me serre le cœur! »...........

Inconnu.

« Le monde était-il triste dans les temps anciens? ou l'est-il devenu pour moi seul? ».

Tsoura-Youki.

« Quand il neige les arbres et les plantes renfermées pour l'hiver, font éclore des
« fleurs qui ne sont pas connues du printemps. »....................

Inconnu.

« Oh! fleur du prunier si tu t'envoles laisse-moi au moins ton parfum comme sou-
« venir. »..

Tésiné-Ko.

« Si les feuilles pourprées par l'automne sur la cime du mont Ogoura, pouvaient savoir,
« elles retarderaient leur chute jusqu'à la visite de l'empereur! »............

Le bonze *Naga-Ié.*

« Dans cette demeure d'où nous avons ensemble contemplé la lune, la lune seule
« revient aujourd'hui »..................................

Inconnu.

« La pluie qui tombe par torrents fait manquer le rendez-vous et je retiens mes larmes
« pour ne pas grossir l'averse. ».............................

Inconnu.

« Le rossignol tord le fil des saules et ce qu'il coud c'est le chapeau des fleurs de
« prunier..

Kaliou.

« La plus haute montagne c'est le Fouzi, mais la fumée brûlante du cratère monte
« plus haut encore, et l'on se dit que rien ne peut s'élever au delà. — Cependant la
« pensée humaine où donc s'arrête-t-elle? »......................

Komati.

« Sur le chemin du rêve je rencontre souvent celui que j'aime et je m'arrête pour
« l'écouter; mais, hélas! dans la vie réelle je ne l'ai jamais rencontré. ». . . . .

Kané-Massa.

« Par le cri nocturne des courlis qui vont et reviennent de l'île Avadsi combien de
« fois a-t-il été réveillé le gardien du vieux rampart de Souna? ». . . . .

La mère du ministre *Tomino-Kodi.*

« Le chant du rossignol est toujours celui d'autrefois; mais moi je ne suis plus la
« même? ». . . . .

Inconnu.

« Ah! si ma manche pouvait les cacher ciel je ne laisserais certes pas le vent tourmenter
« ainsi ces fleurs écloses. ». . . . .

La princesse Sikisi.

« Quand le jour où je contemple les fleurs sera le passé, ô fleurs de prunier,
« épanouies à l'angle du toit, ne m'oubliez pas! » . . . .

Hatsou-Tada.

« Quand je compare mon cœur d'aujourd'hui à celui dont je souffrais avant de vous
« connaître, je comprends qu'alors je ne connaissais pas la douleur. ». . . . .

Saïgio.

« Tout seul, s'enfuir dans les rochers, loin, très loin, et penser à vous librement,
« effacé du regard des hommes! ». . . . .

Le bonze *Liozen.*

« Quand, fatigué de la triste retraite, je sors pour regarder la nature: partout la même
« soirée d'automne monotone et triste. ». . . . .

Inconnu.

« Il n'y a pas de lieu où le printemps n'existe: il est partout, partout! Je ne vois que
« des fleurs s'épanouir, s'épanouir! ». . . . .

Saneské.

« C'est un indifférent qui a remarqué ma manche trempée de larmes, tandis que je
« désirais qu'elle fût aperçue par vous seul. ». . . . .

Kagué-Ki.

« Ainsi que l'oiseau chinois qui répète ce qu'il entend je voudrais, si je vous dis:
« Amour » que vous répondiez « Amour! ». . . . .

La princesse Issé.

« Cette eau claire qui depuis des années sert de miroir aux fleurs de pruniers se ternit
« quand les pétales s'envolent en tourbillon. ». . . . .

Mourasaki.

« A peine suis-je parvenue à vous rencontrer, avant même que j'aie pu distinguer vos
« traits vous avez disparu, comme la lune qui un moment sort d'un nuage et s'y cache
« de nouveau. ». . . . .

Inconnu.

« Par souffrance d'amour mon corps devient plus ombre que mon ombre, pourtant,
« pauvre ombre loin de son corps, je ne suis pas près de vous! ». . . . .

Le bonze *Manzé.*

« A quoi peut-on comparer la vie? au crépuscule? au bateau qui passe? au sillon que
« laisse le bateau? ou à l'écume que laisse le sillon? ». . . . .

Yossi-Moto.

« La volonté d'oublier c'est encore une façon de se souvenir. Comment pourrai-je
« obtenir de moi-même ce que mon cœur ne veut pas? ». . . . .

Sutok.

« Où vont les feuilles pourprées, arrachées des arbres? Elles volent, elles passent, et
« le bruit du vent est tout ce qui reste de l'automne ! ». . . . .

Tsoura-Youki.

« Si je n'avais pas de larmes, l'ardeur de mon amour aurait depuis longtemps brûlé
« mon cœur. » . . . .

Fouka-Yabou.

« En hiver les fleurs tombent du ciel. Le printemps réside-t-il donc au delà des
« nuages? ». . . . .

Le bonze *Sossé.*

« En voyant de loin la capitale j'admire les saules et les cerisiers en fleurs qui mêlent
« leurs rameaux et semblent tisser l'étoffe du printemps. «. . . . .

Daïni.

« En dépit du vent d'automne qui souffle pour réunir les grains dispersés de la rosée,
« sur aucune tige de roseau la rosée ne s'est rejointe. ». . . . .

Le régent *Gokio-Gokou.*

« Croit-on que c'est une chose qu'on puisse écouter tous les jours : le vent qui souffle
« dans les sapins un soir d'attente? ». . . . .

No-Ine.

« Quand j'ai quitté la capitale c'était le doux printemps et les nuages légers, en passant
« la frontière comme déjà je souffre du vent d'automne. ». . . . .

Sono-Ka.

» Pendant que j'étais prisonnier ne sachant rien du printemps, voici que les fleurs de
« cerisiers ont vécu ! ». . . . .

Tadaminé.

« L'éventail sera-t-il mis de côté avant que l'automne ait pleuré sa rosée? ou la rosée
« paraîtra-t-elle avant que l'on soit rassasié de l'éventail ? ». . . . .

Hudi-Yossi.

« La lune se pose sur ma manche de soie trempée de larmes; je voudrais qu'il me
« demandât pourquoi, comme s'il l'ignorait ! » . . . .

Saïgio.

« Même à celui qui ne s'intéresse plus à rien, la tristesse de l'automne quand le vent
« secoue les fleurs de chrysanthèmes, ne peut être indifférente. ». . . . .

Komati.

« Pendant que je laissais passer le temps avec mélancolie, l'éclat des fleurs se flétris-
« sait. ». . . . .

Ken-Tokou-Ko.

« La barrière qui s'est dressée entre nous depuis peu : aujourd'hui et hier; il me semble
« qu'il y a mille ans qu'elle est là! ». . . . .

Eti.

« Comment saurai-je si c'était hier ou aujourd'hui quand mon cœur était à tel point
« éperdu qu'il a pu vous chasser de lui? ». . . . .

Inconnu.

« O vent qui cause ce naufrage où je meurs. apaisant ta colère va effleurer doucement
« les cheveux de ma bien-aimée! »..... . . . .

Sono.

« Me reposer sur votre bras le temps d'un vain rêve d'une nuit de printemps? faut-il
« pour cela braver l'opinion et ternir mon honneur? »... . . . .

Tadaïé.

« Pourquoi donc la considérer comme un vain rêve cette nuit de printemps, où, dans
« mon amour, je vous offre l'oreiller de mon bras? »... . . . .

Inconnue.

« Il faut bien obéir aux ordres de l'empereur; mais que dirai-je au rossignol qui ne
« trouvera plus son logis? »... . . . .

Inconnu.

« Si ma vie fuit, eh bien je l'aime autant, car si elle dure encore je crains de ne plus
« pouvoir cacher mon amour. »... . . . .

Sémi-Marou.

« Voilà la vie : celui qui va, celui qui vient, ceux qui se connaissent et ceux qui
« s'ignorent, tous se séparent après avoir passé sous la porte d'Ossaka! »... . . . . .

Kinsané.

« Dans l'obsession de mon désespoir je voudrais me dire : Combien puisent de l'eau
« pour boire à la rivière qui voient fuir l'eau entre leurs doigts et n'ont fait que mouiller
« leur manche! »... . . . .

Oukou.

« Nous avions fait serment de ne jamais nous oublier sans mourir. O toi qui m'oublies,
« comme je pleure ce serment qui met ta vie en danger. »... . . . .

Le deuxième Saïgoun, *Samé-Yori.*

« La grêle ricoche et résonne sur le brassard d'un cavalier qui tend son arc avec
« élégance et lance une flèche dans la plaine herbue de Nasouno »... . . . .

Un *Daïmio.*

« Qu'il est loin le temps où la grêle ricochait du brassard des cavaliers! c'est du fond
« d'une retraite voluptueuse que je l'entends tomber aujourd'hui. »... . . . .

Hendjo.

« O vent du ciel, ferme la route des nuages pour que ces femmes délicieuses restent
« encore un instant sur terre! »... . . . .

Tsoura-Youki.

« Au printemps les filaments des saules devraient bien servir à coudre les fleurs de
« cerisiers! hélas c'est quand les écheveaux se dévident que les fleurs mûres se décousent
« de l'arbre. »... . . . .

Inconnu.

« En été le feu du bois allumé dans le brasier, pour chasser les moustiques, se cache
« sous la fumée. Jusqu'à quand brûlerai-je ainsi en secret? »... . . . .

Inconnu.

« Si l'on pouvait se faire écouter du vent qui souffle, je lui demanderais d'épargner
« cet arbre. »... . . . .

Miti-Massa.

« Ah! que ne puis-je vous dire à vous-même, une fois au moins, que je ne veux plus
« penser à vous! ». . . . .

Kintoné.

« Ce n'est pas seulement les fleurs du jardin que l'orage fait neiger : celui qui décline
« et tombe aussi, c'est moi. ». . . . .

Tada-Kamé.

« Sans relâche le hargneux vent d'automne harcèle cette nappe de lierre et il ne lui
« laisse même pas la pitié de la rosée. ». . . . .

Tadaminé.

« Ce qu'il y a de plus regrettable, plus regrettable que la vie; c'est d'être interrompu
« dans un rêve cher. ». . . . .

Massa-Soumi.

« Sous la glace que fond le souffle tiède de la vallée, la blanche écume de l'eau qui
« se réveille est la première fleur du printemps. ». . . . .

Hito-Maro.

« Je ne peignerai pas mes cheveux ce matin, pour ne pas en effacer les caresses du
« bien-aimé. ». . . . .

Tomo-Nori.

« A qui enverrai-je ces fleurs de prunier, si ce n'est à vous? celui qui sait apprécier
« couleur et parfum mérite seul de les recevoir. ». . . . .

Imprimerie Ch. Gillot, 79, rue Madame, Paris.

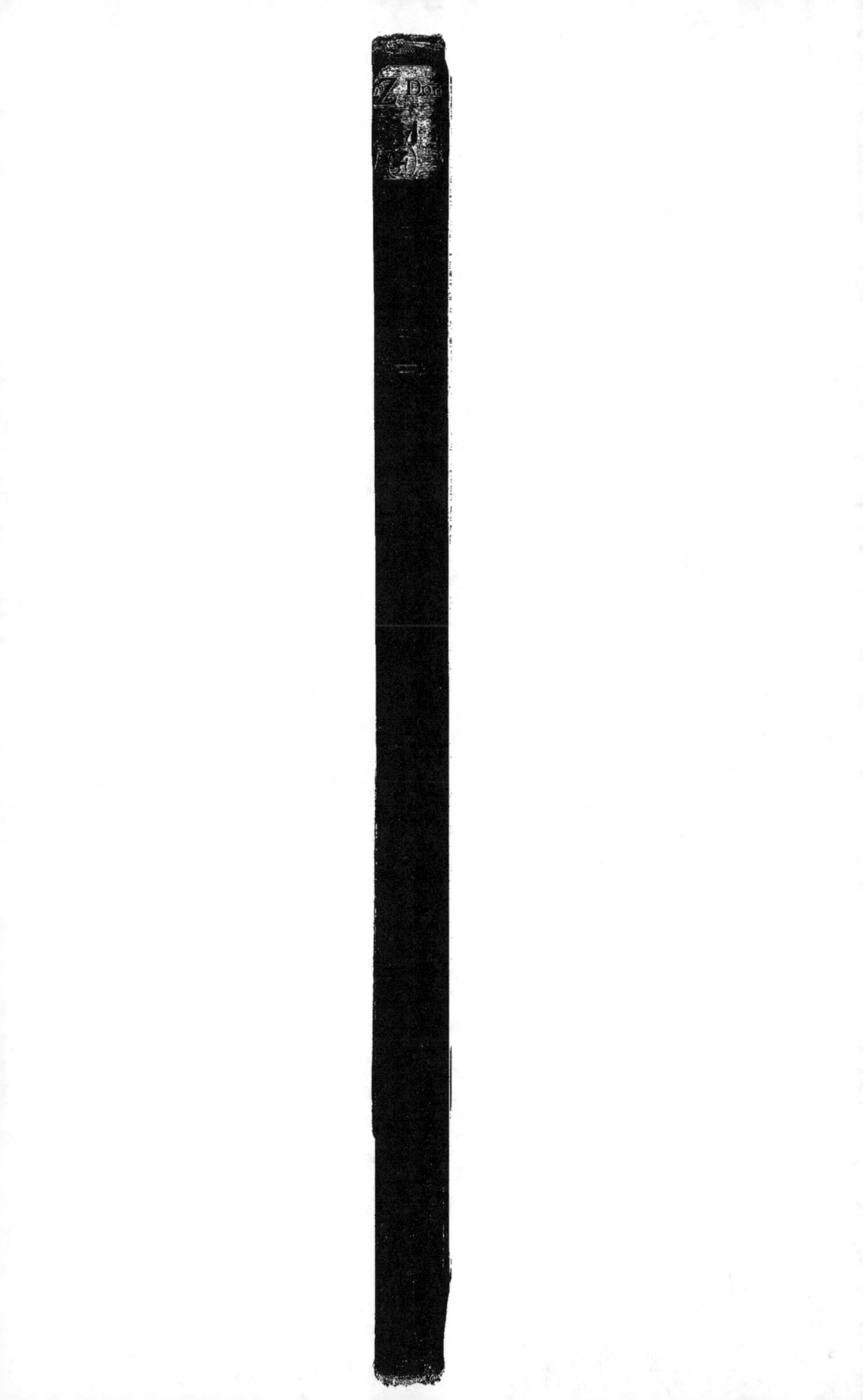

www.ingramcontent.com/pod-product-compliance
Lightning Source LLC
Chambersburg PA
CBHW051549280626
47162CB00021B/1642